イカロス選書

句集

寒濤

松永唯道

文學の森

寒濤

目次

装丁　井筒事務所

寒濤

かんとう

天変

二〇一一年（平成二十三）

雪嶺をめざし瑞雲うつりゆく

雪かづき領布振山は秘話を抱く

うつし世の音絶えしより野の暮雪

パンのみに生くるにあらず霏々と雪

雪霏々と恙の妻と見てをりぬ

雪原に一樹の影のきざまるる

雪原といふ省略のきはみかな
たちまちに飛雪の海の濁りたる

こゑあげて濤と飛雪とせめぎあふ

海吹雪くかの濤のこゑ雪のこゑ

咆哮の飛雪の海となる岬
岬はるか梅一輪を尋めゆきぬ

梅の丘すなはち伊都の王墓かな

かにかくに丘の砲座にある余寒

砲身の今も余寒の海に向く

句座うららみんなちがつてみんないい

春の潮詩魂のごとくふくれくる

春の風みすゞの墓の鈴鳴らせ

夭折の詩魂かがやく春の沖

日本の春眠地震に破らるる

春の地震かくて瓦礫の山河かな

雪の果廃墟に祈る影ひとつ

黙深き瓦礫の大地木の芽吹く
天変の桜の国に桜詠む

北はるか畏怖の地に咲け初桜

桜ちる殉教にはた転向に

神代よりふいに出できし雉子かな

雉子の眸に太古の光ありにけり

尾を引いて王者のごとく雉子あゆむ

雉子啼いて卑弥呼の国と告りたまへ

若葉より山湖の黙の現るる

乱鶯のたたみかけくる湖上かな

湖深き黙よりふいに黒揚羽

万緑や入魂の皿ここに生る

ほととぎすこゑの坩堝となる湖心

さざなみは山湖の微笑若葉風

影もまた乱舞してをり金魚玉

ねぢれざることも反骨捩り花

革命の生涯徽の古机

炎天のこぼす日ざしに重さあり

万緑の中明眸の湖二つ

殉教も落城秘史も万緑裡

きりぎしの百合のかなたの波頭かな

海鳴りはやまず山百合ゆれやまず

百合ささげ妻立ちあがる岬かな

山百合を岬の夕日に捧ぐべし

平然と結界越えし曼珠沙華

海ふいに消えて峠の曼珠沙華

きりぎしの海かきくらむ曼珠沙華

冥界へ真すぐにつづく曼珠沙華

萩の雨憂国の志士ゆきし坂

乱れ萩しだれ少年兵の墓

コスモスの波うつたびに色ふやす

コスモスのゆれて遠山みじろがず

コスモスの波より出でし乳母車

コスモスの海に恙の妻を置く

人逝きてかく秋水の流れゆく
木の実降る主の言霊のやうにふる

殉教の露けき木椅子ならぶ堂

殉教の露けき海をよこたへし

石ひとつ秋思の湖へ放りたる

湖に向く秋思の椅子のありにけり

鵙高音ここ終焉の地と伝へ

眼光の大志ともはた秋思とも

東行の秋と望東尼の秋と
凍蝶のさまよふ湖の虚空かな

冬の湖黙きはまればば紺きはむ
寂としてかの世さながら冬の湖

冬の湖一語も放ちてはならず

枯野ゆく高く風雅の灯をささげ

虚子涙せききしはここ冬紅葉

埋火を掻きて遠き日掘りあてし

一誌負ふ光陰重し火を埋む

絶筆の机上の一句年暮るる

行年の流れてならぬもののあり

落椿

二〇一二年（平成二十四）

雪明り虚子の一書の辺に及ぶ

寒紅の面あげてゆけ八十路坂

大寒の落暉とらへし主峰かな

追悼の言の葉に似し暮雪かな

大寒の森に声なきこゑのあり

寒林のそびらに負ひし深き闇

酒蔵の大梁にある余寒

海境に死者のこゑある余寒かな

名刹の裏の余寒のただならず

諷詠の老どち集へ梅二月

再会も別れも梅の花の中

ゆくりなく土雛に逢ふ町屋かな

藍染の町屋にひそと土雛

春嶺の影投げかけて湖を抱く

立ち上がる妻の手とれば山笑ふ

わたつみに戦の屍落椿

椿いま島の怒濤をめざし落つ

岬昏くこの狼藉の落椿

海鳴りにもえたつほむら落椿

追悼の重さを曳いて椿落つ

師よわれらここ秋月の花詠まん

うち仰ぐ虚子もあふぎし春の古処

殉教の森くぐりきし春の水

殉教も自刃も花の吹雪く中

一峯のかく乱心の花吹雪

山藤の荒く波うつ湖尻かな

神杉の闇十薬をちりばめし

地獄絵図秘めし堂より黒揚羽

睡蓮に幽霊伝説ありにけり

城塞の陰よりふいに山法師

夏草に影なげかけし石馬かな

石馬より夏蝶ひとつ天がける

みじろがぬ諷詠の影夏帽子

さみだれの地震ふる国の行方かな

明易の卓に未完の一句あり

水茎の自尽を告げて明易し

ほととぎすはるか自尽の魂に啼け

黎明をたたみかけくるほととぎす

夏の蝶修験の磴をのぼりゆく

仏堂の慈顔四方よりほととぎす

傾ぎたる卒塔婆に侍る蟇

荘園の一水よぎる蛇の首

紙魚走る父の苦学の講義録

反抗も厳父もはるか雲の峰

わが父の齢いま越ゆ雲の峰

原爆忌被爆を秘めて逝きし父

炎天にゆるがざる忌のありにけり

落蟬の音しかとして脱稿す

向日葵の万の哄笑わきあがる

向日葵に睥睨されてゐる不安

野分いま去りしか子規の一書閉づ

荒ぶれる風去り子規忌歩みくる

かく泣いてかくまでも食ぶ獺祭忌

渾身の句集ささげん獺祭忌

コスモスの乱れて海の乱れざる

コスモスに恙の妻のくづほるる

コスモスの海へ入水の二人かな

コスモスや落暉の海へつづく坂

紅葉茶屋かつて漱石尋めきしと

駒つなぎ今に残して茶屋紅葉

漱石の旅路たどれば旅しぐれ

ポケットの底に熟睡の木の実かな

この森の豊饒かくて木の実落つ
秋水のしづかに石をかはしゆく

神域の荒ぶ風音虚栗

反乱の落葉いつきに坂のぼる

つと羽搏つ仮寝の波の鴨一つ

鴨の陣大河の空を統べにけり

青春の一書かく古り漱石忌

森深く冬の泉の鼓動あり

呑むたびに巌たばしる冬の濤
軍船のごとく寒濤せまりくる

寒濤のねらひたがへず巌呑む

寒濤の壁きはまればくづれけり

寒濤を追ふ寒濤のくづれつつ

木の実

二〇一三年（平成二十五）

一病に添ひし境涯霏々と雪

寒灯下恙の妻のあればば足る

暮雪いま高原のかの一樹より
再生かはた死か遠き野の暮雪

真夜の雪一片さへもふれあはず
雪原にこの一身を埋めたし

くらがりの椿にはたと射とめらる

海鳴りの駈けぬく椿林かな

元寇の海へ身を投ぐ落椿
永久にあれ島の椿も君の詩も

初蝶や古墳の闇を曳いて舞ふ

遠つ世の古墳の闇に椿落つ

雛飾るかなたに古墳眠らせて
石あればかくにぎはしき春の水

鳥帰る勿れ大地はいまだ闇
影去りし後の虚空よ鳥雲に

荒城の今ひたすらに桜満つ
はたと遇ふ花冷しるき城主の碑

殉教史秘め春陰の城址かな

さながらに武者の言霊飛花落花

秘史哀史古城の花に語らせよ
卯の花に峡の棚田の峙てり

江戸の世の棚田を守りて花卯木
卯の花のひそと棚田にこぼれつぐ

鳶の輪にはじまる岬の五月かな

天心のつとこぼしたる桐の花

旅人みな遠き目をして桐の花

蝶一つつと天がける泉かな

山里の天与の泉ここに湧く
をろがみて神泉むすぶ旅人かな

一峯を映す一枚棚田植う

万緑の山河睦みて棚田抱く

濡れし空翔るほかなし梅雨の蝶

よるべなき蝶さまよへる梅雨の波止

廃坑の夏草はるかなる埠頭
わだなかを暗め埠頭のさみだるる

廃坑の梅雨の埠頭を去らんとす
かくてなほ生くべし滝は荒ぶべし

滝二つ相打ちあうて相荒ぶ
一切の言葉拒みて滝落つる

滝壺の修羅美しく狂ほしく
滝裏にゐて山祇を畏れけり

一本の滝一身をつらぬきし
滝壺に一本の滝つきささる

人去りて滝の全長ありにけり
炎天の湖心波立つこともなし

炎天の石まぎれなく地にまろぶ

炎天の一日無言を押し通す

炎天につとかいま見る奈落かな

炎天に負ひきれぬもの負うて立つ

尋めゆきて漱石旧居の秋に逢ふ
秋風の旧居の門のありにけり

文豪の秋思の庭をめぐるべし
その奥に馬丁小屋あり秋の風

秋風や則天去私の辞を遺し

野分中かくて燈台みじろがず

人影のよろめく岬の野分かな

波濤いま白くさだかに野分だつ

草ひしとつかみて見つむ野分浪

荒ぶ眼ですさぶ野分の濤見つむ

旅いゆく二人の肩に木の実落つ

木の実落つ音して手術決断す

妻しばし木の実ひろひて入院す
入院の妻に木の実をわたさるる

掌上にめぐらす旅の木の実かな

鴨一つ山湖のしじまより現るる

連山のしじまの底に鴨の陣

結界を越ゆればたがふ寒さかな

漆黒の大黒柱ありて冬

学問の砦ゆるがず大冬木

天平の礎石しづかに寒さ曳く

俳諧史秘め帯塚の冬日和

寒濤のいただきつかむ落暉かな

寒濤の両翼ひろげせまりくる

病む人のかなた寒濤くつがへる

寒濤

二〇一四年（平成二十六）

大寒の胸に手術の傷の痕

さながらに寒負ふやうに病おふ

咆哮の檻の孤独の二月かな

つと返す二月の光望東尼像

放下して流転の庵の梅仰ぐ

草庵の畳の暗き余寒かな

草庵に低きこゑある二月かな

梅にゐて遠き維新の世をおもふ

よろぼへる恙の肩を抱いて春
双蝶やかの相輪の高みまで

すぐそこに白秋生家青き踏む

もの芽出づ野に言の葉の湧き出でよ

木の芽吹く詩碑の辺ことば惜しめとや

春風に帰去来の詩託し逝く

まがふなき春愁やどすデスマスク

田原坂落花の修羅の坂となる

兵の墓花の奈落に沈みゆく

初蝶や少年兵の墓碑に消ゆ

恩讐を越えて落花の墓標かな

幽谷の落花となりて霊遊ぶ

藤浪の湖へなだれてしづまらず

藤浪のをりをりふるる湖面かな

藤懸くる高さ奈落の深さかな

藤落花かくて旅愁のおのづから

海鳴りの荒磴くだる蟻ひとつ

ゆるぎなき太古の月日大夏木

岩礁にいよよ荒ぶる卯浪かな

追悼の岬の卯浪のしづまらず

旅愁つと水泡となりし卯浪かな

興亡のやがて失せゆく梅雨の蝶

帯塚にして下闇のそばだてる
帯塚の使者とし放つ黒揚羽

帯塚の流転の月日梅雨に入る

暗雲のつと迫りくる月見草

こゑあげて荒ぶる大河月見草

憂愁のひともと手折る月見草

野にあれば野に祈りあり月見草
月見草かくも余生のいとほしき

落城の峯に閃光はたた神
早世のうべなひがたき夜の雷

落雷の一閃身ぬちつらぬきし
雷おちてかの開闢の光かな

雷去りてかくも大地の虚しかり

行きずりの僧と夕虹たたへあふ

父祖の地に大いなる虹立ちにけり

虹立ちて偲ぶはるけき虚子の恋

虹立ちて余生の一日彩りぬ

いくたりの詩人逝きしか水の秋

ガンジスを胸に秋思の寝釈迦かな

明王の荒ぶる眼曼珠沙華

白日に意思あるごとく曼珠沙華

草原のたちまち現るる霧襖

鳴りとよむ早瀬夜霧の奈落より
霧迅し過去ことごとく攫ひゆく

霧まとふ無言の人とすれちがふ
旅人の霧のかなたにつと消えし

青春の彷徨はるか落葉踏む

炭坑跡のすさまじ落葉すさまじや

廃坑のかく冷まじき山河かな

廃坑のかなた久遠の山眠る

廃坑の故郷に落葉降らしめよ

尋めゆきてつひに逢ひたる浦千鳥

病む人の又つまづきぬ夕千鳥

千鳥追ふ恙の妻ぞよろぼへる

恙負ひ千鳥の砂にくづほるる

千鳥つと失せてそれより濤とよむ

堪へがたき寒さに仰ぐ義挙の像

荒御霊冬木根と化し走りけり

冬木立ここに流浪の菊舎句碑

冬の濤望東尼の流転菊舎また

寒濤や訃音一つをしかと抱き

寒濤のせまる病軀のみじろがず

沖つ島消して寒濤そばだてる

寒濤の壁の高さのせまりくる

寒濤が寒濤くづしせまりくる

句集　寒濤　畢

古人の求めたる所を

谷口慎也

近々、何らかのかたちで松永唯道氏について書いてみようと思っていた。そこへ今回の原稿依頼――まさに「渡りに船」であった。

松永氏は、客観写生・花鳥諷詠を基軸にして、それを現在只今の時代にどう生かしていくか、という課題に真正面から取り組んでいる人である。そして今回「芭蕉と虚子に回帰すること」を明言した。断るまでもなく、それは「古人の涎《よだれ》をねぶる」ことにあるのではない。先人の理想とした世界を求めること。すなわち「古人の求めたる所」を求めることにある。先の評論集『花鳥諷詠と現代』には、まさに虚子の「求めたる所」を求めようとする彼の苦悩が見え隠れしている。また最近の「玄海」誌における連載文【芭蕉の世界】においても、同じようなことが見て取れる。芭蕉と虚子、換言すれば俳諧と近・現代俳句を視野に入れた松永氏の仕事はすでに始まっているのである。

今回の句集は、自身の大きな転換となったここ四年間の作品を所収したものだと言う。であれば、この一巻の意味もいずれ大きく問われることになろう。

では、私の好きな句から見ていく。

天変の桜の国に桜詠む
名刹の裏の余寒のただならず
雷去りてかくも大地の虚しかり
荘園の一水よぎる蛇の首

これらは「写生」を基本にした宜しさである。

一句目は先の大震災を詠んだものであるが、〈天変〉にまつわる諸々は一切描いていない。作者はただただ〈桜の国に桜詠む〉のである。まさに花鳥諷詠の精神を基本とするが、繰り返し読んでいると、その〈桜詠む〉という措辞が、逆に〈天変〉の悲しみを韻文として昇華していることがよくわかる。

二句目。これは私にとって、決して単純な句ではない。上五中七をそのまますらりと読み下すならば、それは単なる感覚的な把握に終ってしまう。従って〈ただならず〉と言われても「ああ、そうですか」と応えるしかない。そうではなく、句の構造に目を向けてみると、実はこれは〈名刹の裏〉と〈裏の余寒〉という意味性が、〈裏〉一語によってオーバーラップしているのだ。すなわち〈名刹の裏〉とは現実的な場所。〈裏の余寒〉とは、作者の心の奥底に沈殿している寒々とした何かである。その双方が交錯するところに複雑な味わいが生じ、それが〈ただならず〉で治定されるのである。人によってはこれを「寓意性」あるいは「俳句的なメタファー」などと言うが、この私の解釈は決して強引ではない。何故ならこの句は、右の解釈に充分に耐え得るものであるからだ。

三句目は多分に寓意性を孕んでいるが、句中の〈て〉が理屈に陥らないのは、それが一句における「切れ」の役目を果たしているからだ。上五と下の句との照応によって、〈大地〉全体が韻文として響いてくる。

四句目は、眼前の〈蛇の首〉が、〈荘園〉が内包する歴史的な時空によって、一挙に虚実皮膜の世界を構築する。結果としての一句は、創作態度の問題と言うよりも、レトリックの問題として提示されている。

雉子啼いて卑弥呼の国と告りたまへ
コスモスの波うつたびに色ふやす
蝶一つつと天がける泉かな
石あればかくにぎはしき春の水

これらの句には、作者の意志や情感の動きが極めて伸びやかに表出されている。感性と情感のみごとなバランスであり、俳句も抒情詩であることを改めて認識させられる。また最後の句には、禅的な寓意の面白さ、あるいは俳諧性を見ることもできる。

結界を越ゆればたがふ寒さかな

そしてこれは集中私の最も好きな句である。〈平然と結界越えし曼珠沙華〉もあるが、一句の陰影の深さ、重さにおいて格段の差がある。当然これは「恙の妻」に向けられたものである。生きて在る有情のものにつきまとう〈寒さ〉は共に耐えられもするが、そこに〈結界〉が介入するとき、生きて在ることの〈寒さ〉はその精神の限界にまで達する。生・老・病・死の根幹を具現化したみごとな一句である。

字数の関係で抽出句を制限したが、さて、この句集で私たちが見るべきものは、松永氏は自分の体内から叩き出される言葉を信じてやるという、創作行為における最も大切な意味合いを手放してはいないということである。故に彼にとって「俳句とは何か」という問いは、「人生とは何か」と全く同義である。さらには、花鳥諷詠・客観写生から出発した体験的思考を通して、それを固定化することなく、かなりニュートラルな状態でいくつかの方法論を探っていること。その一端を右の鑑賞文で触れたつもりである。そして私は、その柔軟な詩精神で晩年「軽み」を唱えた芭蕉のことを、また常にその体験的思考の自在さのなかにあった虚子のことをこの一巻に重ね合わせたいと思う。

最後にこの句集の全体像を見てみたい。

影もまた乱舞してをり金魚玉
冬の湖黙きはまれば紺きはむ
影去りし後の虚空よ鳥雲に
コスモスの海に恙の妻を置く
寒灯下恙の妻のあれば足る
寒濤を追ふ寒濤のくづれつつ

寒濤のせまる病軀のみじろがず
寒濤が寒濤くづしせまりくる

作者が意識するしないにかかわらず、句集一巻を読み解くうえでの重要なキーワードとなる言葉がある。そこには必ず何らかのかたちで作者の「思い」が盛り込まれている。まだ他にもあるが、これらの句で言えば〈影〉〈黙〉〈虚空〉〈恙〉〈寒濤〉がそれに当る。一々の説明は省略するが、それらは比喩や象徴、あるいは寓意、さらには即物的な力として一句の中で機能し、句集一巻を特徴づけていくものである。

一読、読者はお気づきであろうが、本巻はこれらのキーワードを持った作品群を持続低音として、第四章に当る《寒濤》で一挙に高揚してくるように出来ている。すなわちそれは、集中多く使用される〈恙（の妻）〉に対する絶唱として迫ってくるのである。特に抽出の後ろ三句は、写生を基本としながら、なおその表層的な意味性を超えた作者の気迫のようなものが感じられる。ここに私は、不思議と、情緒的な悲しみは感じない。例えば句集末尾に〈寒濤が寒濤くづしせまりくる〉が置かれているが、その景に対する作者の悲しみは、そう言い放つことによって直ちにそれに立ち向かおうとする気迫に、すなわち厳然たる意志に転換している。ここには、松永氏独自の文芸的な意思の典型を見ることができるのではないか。

とまれ、松永氏の今後の展開を、注意深く見ていきたいと思っている。

二〇一四年十二月二十七日

あとがき

二〇一四年（平成二十六）十月、「玄海」は二五〇号を迎えました。これを機に、句集『寒濤』の上梓を思い立ちました。この句集は、第一句集『颪の道』（二〇〇一年）、第二句集『冬の泉』（二〇〇七年）、第三句集『冬の岬』（二〇一二年）に続いて第四句集になります。この句集には、二〇一一年（平成二十三）から二〇一四年（平成二十六）まで、「玄海」誌上に「近詠五句」として発表した作品を中心に収めました。

この句集に収めた四年間の歩みは、私の俳句人生にとって大きな転機の年になりました。それは、十三年間に及ぶ難病の妻の介護と主宰との両立が難しくなったということです。当然このことは、俳句とは何かを私自身に厳しく問いかけてきました。人生の一大事である生・

老・病・死に、俳句はどう向き合っていくかということです。主宰となって十年を経た今、ようやくその答えを得ることができました。それは、芭蕉と虚子の作品と思想に回帰することだということです。

これからも、結社の皆さんとともに、俳句のよって立つところを追究していきたいと思います。このことによって個性的で多様な俳句世界を再構築することができると思います。そして又この動きを、生きがいとしての俳句を大切にすることにつなげていきたいと思います。

最後になりましたが、句集の鑑賞及び批評を書いていただいた、「連衆」代表の谷口慎也氏に深く感謝いたします。

また、句集上梓を支えてくれた「文學の森」のスタッフの皆様に心より感謝します。

二〇一五年三月一日

霊峯若杉山の見える書斎にて　松永唯道

著者略歴

松永唯道（まつなが・ただみち）

1941年　福岡県に生まれる
1969年　「ホトトギス」に投句を始める
1993年　「玄海」（小島隆保主宰　師系高濱虚子）入会
1996年　「円虹」（山田弘子主宰　師系高濱虚子）入会
1997年　福岡市民芸術祭福岡文化連盟賞受賞
2001年　句集『風の道』刊行
2003年　福岡総合俳句大会俳人協会特別賞受賞
2004年　ホトトギス同人
2006年　「玄海」主宰（二代目）となる
2007年　第二句集『冬の泉』刊行
2010年　俳論『花鳥諷詠と現代』刊行
2012年　第三句集『冬の岬』刊行
2013年　福岡俳句文学協会会長

現住所　〒811-2113　福岡県糟屋郡須恵町須恵132-39
電話＆FAX　092-932-3517

イカロス選書

句集　寒《かん》濤《とう》

発　行　平成二十七年三月二十二日
著　者　松永唯道
発行者　大山基利
発行所　株式会社　文學の森
〒一六九-〇〇七五
東京都新宿区高田馬場二-一-二　田島ビル八階
tel 03-5292-9188　fax 03-5292-9199
e-mail　mori@bungak.com
ホームページ　http://www.bungak.com
印刷・製本　竹田　登

ISBN978-4-86438-408-7　C0092